童話

不思議な果樹園

文と絵

小林信男

かまくら春秋社

装丁／中村　聡

発刊に寄せて

太田治子

『不思議な果樹園』のお話は不思議な樹から始まります。大きな二本の木は、風に揺れて音をたてています。じっとその絵を見ていると「さあ、あなたも『不思議な果樹園』へいらっしゃい」という野太い木の声が聞こえてきました。

果樹園の小さなお姫さまは、クルミちゃんでした。おいしそうな果物も、次々と登場します。

いきいきと可愛いクルミちゃんと少しはにかみ屋さんの主人公の信ちゃん。ああ、この二人は、作者の小林信男さんと奥さまの浜子さんのようだと思うと、何だか嬉しくなりました。クルミちゃんが永遠の少女のように、信ちゃんの小林さんも、変わらない少年の心をお持ちです。『不思議な果樹園』を読んでいると、私も小さな少女に戻っていく心地がします。優しい魔法にかかった幸せを感じる本です。

目次

不思議な果樹園

不思議《ふしぎ》な樹《き》

ことしも信《しん》ちゃんの嫌《きら》いなときがきました。まだまだ暑いのに、もうすぐ夏休みが終わります。宿題はまだいっぱいのこっています。去年もその前の年も同じことを考えていました。

夏休みの終わりはだれが決めたんだろう。きっとその人も夏は暑いから休むようにと決めたはず。こんなに暑いんだから、〝もっと休みを延ばせばいいのに〟。

きょうはなるべく遠くまで行こうと、公園の先にある神社の大きな樹《き》のある所までぶらぶら歩きました。そろそろ夕方です。でも、夕陽がまぶしく、ますます暑いくらい。信ちゃんは、困ったときはいつも神社の境内《けいだい》にある大きな不思議な樹を見に来ることにしていました。

とても大きな二本の樹が並んで立っています。樹の間は、そこに立って両腕《りょううで》を広げると、指の先が両方にやっと触《ふ》れるくらいしかあいていません。枝《えだ》がたがいに重なって隙間《すきま》をふさぐように屋根をつくり、雨は入りにくくなっています。お日さまの光は、ときどき風にゆれる枝の間からこぼれてきます。

ここにいると、信ちゃんは小さなときに父さんと母さんにはさまれて両手をつなぎブランコを

してもらったときのことを思い出して、とても楽しい気持ちになります。信《しん》ちゃんの一番大切なマイフェバレイトプレイスです。

でもきょうはその大きな樹《き》の先がゆれて音をたてています。なんだか、〝宿題はどうするの？〟と言われているようで落ち着きません。

信ちゃんは帰ることにしました。帽子《ぼうし》をちょっと動かして額《ひたい》の汗を手でぬぐい、帰りたくないなぁ〜と思いながら……。

すると、大通りに面してふるい民家が見えてきました。大きなプランターや植木鉢が並んでいて、五メートルくらいの間口いっぱいに木の葉がせまり、さわやかな香りをただよわせていました。そこには看板《かんばん》がかかっていました。〈小さな果樹園《かじゅえん》〉。その下に〝作業員募集《さぎょういんぼしゅう》〟〝見学者・体験《たいけん》等どなたでも歓迎《かんげい》します〟と書かれています。

葉の間をよく見ると、イチジク、ミカン、ラズベリーなどの実がなっています。イチジクの葉をそっとよけて中をのぞいてみると、遠くの方までいろいろな樹がつづいているような、不思議な空間が広がっていました。

すぐそばにブドウの棚《たな》がありました。脚立《きゃたつ》の上に乗った作業服のおじさんと、その下で根元《ねもと》に土を入れているジーンズ姿の小さな女の子の姿が見えました。

顔を上げた女の子が信《しん》ちゃんを見つけました。〝いらっしゃい。どうぞ中に入ってくださぃ〟。ためらっていると作業服《さぎょうふく》のおじさんも振りむいて、〝お入り〟と微笑《ほほえ》みました。その口調《くちょう》には信ちゃんを包《つつ》むようなあたたかな響《ひび》きがありました。しばらく会っていないおじいちゃんに似た声です。

信ちゃんは、まだためらっていました。すると、女の子は笑顔を見せながら近づいてきて手を伸ばします。信ちゃんは手をつないで農園に入りました。自分よりちょっと背が低いので二、三年生くらいかなと思いました。

作業服のおじさんは、おどおどしている信ちゃんを見て、〝君にはこれをあげよう〟とポケットから一枚のカードを取りだして女の子に渡しました。女の子は大切そうに、そのカードを受けとり、信ちゃんの胸ポケットに入れてくれました。それを見たおじさんは「君は特別なお客さんだよ」とニコニコしました。女の子も「このカードがあれば、みんな親切。なんでも思い通りになるんだよ」と笑顔になりました。

周囲《しゅうい》を見わたすと、いろいろな果実の樹があって信ちゃんはびっくり。女の子はラズベリーの実を二つ取り、一つを自分の口に入れ、一つを信ちゃんの口にも押しこみました。信ちゃんはラズベリーを初めて食べました。ちょっと酸《す》っぱかったけど、すぐに、それはよい香りが口のなかに広がり、とても甘いと思いました。〝なかなかいい出来〟と女の子は大きくうなずき、〝わたしのことはクルミと呼んで〟と言いました。それに応《こた》えて〝ぼくは信ちゃんといいます〟と、信ちゃんは自己紹介しました。

作業服を着た人たちが仕事をせっせとしています。みんなこちらを見て〝こんにちは！〟とあいさつしてくれました。若いお姉さんが〝イチジク〟の入ったかごを下げながら近づいてきて、〝あとでパーラーに持っていきますから、そこで召《め》し上がれ〟と微笑みました。

信ちゃんはそのお姉さんに連れられてブドウの取りいれを見学しました。おじさんたちが慎重《しんちょう》にハサミを入れる様子を真剣に見ていると、お姉さんは「やってみる？」とハサミを貸《か》してくれました。見よう見まねで、ひと房《ふさ》、チョキン。切れた！と思った次の瞬間、信ちゃんはブドウを落としてしまいました。信ちゃんが思ったよりも重かったのです。

お姉さんは「だいじょうぶよ。きょうの仕事はあしたの仕事のための練習だから」となぐさめてくれました。

信ちゃんはちょっと自信をなくしましたが、胸のカードを思い出して元気に桃《もも》の木へ進みました。桃の木の向こうには梨《なし》の木や柿の木などたくさんの木が植えられています。その奥に取りいれ小屋があり、おおぜいの人が出入りしています。中にはブドウと桃の入ったかごがあり、その中身を一つずつていねいに検査《けんさ》しています。合格した実は箱《はこ》につめられて美しく輝くように並んでいます。

果実園の仕事はこんなに楽しいのかと思いました。〝大きくなったらここで働こうかな？〟な

ど考えていると、〝ことしはとても成績《せいせき》がいいのよ。昨年は全然ダメで悪い実がいっぱいあったわ〟〝ことしは葉の成長もいいし花もきれいだから、木の枝《えだ》ぶりもよくて、いい実がなるのよ〟とお姉さんが教えてくれました。

信《しん》ちゃんはうなずくだけですが、何か言わなければと思い〝太い枝にするにはどうすればよいのでしょうか？〟と聞きました。お姉さんは〝たくさんのよい実をつけるには、太い枝が必要なの。太い枝にするには、しっかりとした根が大事。だから水や肥料《ひりょう》や温度の調節《ちょうせつ》が大切なの。あとは植木屋さんに聞いてください〟と答えました。

リンゴの林

信ちゃんが取りいれ小屋から外に出ると、懐かしいリンゴの香りがただよってきます。となりにリンゴの木が何本も植えられていて、小さな青い実がたくさんなっています。

夏の夕日を浴《あ》びながら、おじさんたちがリンゴの実に袋《ふくろ》をかけたり、かけてある袋が破《やぶ》れていないかを確認《かくにん》したりしています。高い脚立《きゃたつ》の上での作業はちょっと怖《こわ》そうだけどおもしろそう、大人になったらこんな仕事がしたいな、と信ちゃんは思いました。脚立の下では、バインダーを持った女の人が何か記録しています。おじさんたちは、リンゴの木からリンゴの木へと、つぎつぎと脚立《きゃたつ》を移動させては同じ作業をつづけていきます。

クルミちゃんは木の根元の土を掘《ほ》り起こしたりしながら、何か見つけると写真をとっています。そして、やはりバインダーを持っているお姉さんと何か話し合っていました。きっと根と土のようすを調べているのだと思いました。

クルミちゃんの手は土だらけです。信《しん》ちゃんはポケットからハンカチを出しました。ちょっと汚《よご》れていますす。でも、ないよりはと思い、クルミちゃんにわたしてあげました。クルミちゃんは少しびっくりしながら〝ありがとう〟と受け取りました。そして、汚れた手をぬぐいながら、〝あとでよく洗うね〟とハンカチを自分のポケットにいれて、つぎの木へ移動してしまいました。

信《しん》ちゃんはちょっといいことをしたかもとうれしかったのですが、すぐに〝余計なことをしたのかな？〟とも思いました。それを見ていたお兄さんが、土で汚れる仕事もたくさんあるんだよと言って、温室へ案内してくれました。

信ちゃんは、温室はあたたかいものと思っていましたが、温度を調整《ちょうせい》した部屋なので、涼《すず》しくなっているのにおどろきました。イチゴやメロンを収穫《しゅうかく》したあとの枯れかけた葉やつるがのこっています。作業の人たちは風や雨で破《やぶ》れたところの修理《しゅうり》や水まき装置《そうち》の具合の確認《かくにん》など、いろいろな仕事をしています。

一人のお兄さんが信《しん》ちゃんを見てふしぎそうな顔をしましたが、いろいろな説明《せつめい》をしてくれました。

「収穫《しゅうかく》が終わるとすぐに来年のための準備が始まるんだよ。植物の成長にはまわりの環境《かんきょう》が大切。気温や風や水やりなど自然の作用を、人間が代わって工夫《くふう》して植物を世話してあげることができます。これが私たちの仕事なんだよ」

信ちゃんには分かりにくかったけれど、〝その植物に合うように温度や水やりなどを工夫しながら働いているんだな〜〟と思いました。でも、大人の仕事は大変そう、やりたくないなぁとも思いはじめました。

そのとき、枯れたイチゴの葉のかげから小さなイチゴを一つ見つけました。まだ大きくならないうちに水がなくなったのかな。光が足りなかったのかな。小さいままに枯《か》れてしまったのかな。仲間たちは大きく美しく成長し、きれいな箱につめられ、その命は有効《ゆうこう》に使われているのに、かわいそうなイチゴもあるんだね、だから作業の人たちは一生懸命《いっしょうけんめい》に調べたり工夫《くふう》したりして、来年もいい環境をつくってあげようとがんばっているんだ、やっぱりこの仕事はだれかがしなければならないんだと考えました。

イチゴとメロンの温室のとなりにガラス張りの背の高い別の部屋があります。その部屋に入ると温泉の部屋に入るようにむし暑い。そこにはバナナやマンゴー、パイナップルなどのほかに、信ちゃんの見たこともないような南国の果物《くだもの》がたくさん植えられています。

信ちゃんはお兄さんに「一番楽しい仕事は何ですか?」と聞くと、お兄さんは「取りいれかな」と答えました。「では、嫌《きら》いな仕事は真夏の草取りですか?」とつづけて質問しました。お兄さんはしばらく考えて「やはり肥料《ひりょう》づくりだな」と答えます。何のことかわからずキョトンとしていると、お兄さんは温室から連れだします。

果実の林や温室からちょっと離れたところに、小さな小屋とそのまわりにゴミ置き場のようなところがありました。そこは果物のおいしそうないい香りとはほど遠い、いやな臭いがしています。でもお兄さんは〝ここでの仕事がいい収穫のために大切〟と、いろいろ説明してくれました。温室や林から出るゴミは空地《あきち》に積み重ねられ乾燥《かんそう》したところで分別《ぶんべつ》されます。一部はゴミとして焼かれたり、土に埋《う》められたり。積み重ねられて堆肥所《たいひじょ》に置かれたり、事業ゴミとして農園の外へ運びだされるものもあります。

小屋の中では土づくりのための肥料《ひりょう》が、それぞれの果物に合うようにつくられて袋づめにされています。よそから買った魚や動物の排泄物《はいせつぶつ》などを配合《はいごう》したものと、ここでできた堆肥などを混ぜ合わせて来年のための土が出来あがります。臭《くさ》いし、力はいるし、疲れるつらい作業です。

信ちゃんは、あんなに美しくておいしい果物をつくるために、こんな臭い肥料を使うのが不思議でした。お兄さんにたずねると「勉強するとわかるよ」と笑うだけでした。

会議

農園を見学させてもらったあと、信《しん》ちゃんはフルーツパーラーで紅茶《こうちゃ》とリンゴやメロン、パイナップルなどをごちそうになりました。なかでも桃《もも》は、なんともいえないおいしさでした。すると、青いネクタイをつけた紳士《しんし》が入ってきて、「会議が始まりますので出席してください」と信ちゃんを会場に案内しました。

信ちゃんは会議なんて出たことがないので困ってしまいました。会場にテーブルがU字に置かれて、ふわふわの立派な椅子《いす》がたくさん置いてあります。その一つに〝信ちゃんの席《せき》〟と書いた紙がはってありました。座ると自動的に、信ちゃんの体がテーブルの高さにあうまで上がります。信ちゃんは大人になった気分。

前のドアから一列に並んで四人が入ってきます。先頭の人は入り口で会ったおじさんでした。髪をきれいにとかし、水玉もようのネクタイに紺色《こんいろ》のスーツを着ています。何となくえらい人のようにみえたおじさんは、会長席と書いてある席に座りました。

つづいてクルミちゃんが入ってきました。人形のような白いドレスを着て、会長さんの右側に

座りました。信《しん》ちゃんと目が合うと、うれしそうに手をあげて挨拶《あいさつ》してくれます。

クルミちゃんにつづくのは、グリーンのドレスを着たあのきれいなお姉さんで、まるでイソップ童話の三本の斧《おの》に出てくる女神さまのようでした。最後に丸顔で口ひげを生《は》やしたいかめしい顔をした紳士《しんし》がつづきます。会長さんの左側の、議長と書いてある席に座りました。

信ちゃんのとなりのお兄さんが「会長のお孫さんはかわいいですね。お友だちですか?」と声をかけました。ちょっと迷いましたが、コックリとうなずいて、黙《だま》っていました。

「会議を始めます」。議長が宣言しました。

信ちゃんは学校のホームルームの時間に似ているなと思いました。各自《かくじ》の机《つくえ》の前にあるパソコンと後ろにある大きなスクリーンに、つぎつぎと図や表が写しだされました。担当の人が説明をして、ことしの成績が報告されます。数人が質問をしたり答えたりします。

その後、会長さんは笑いながら「ことしは好成績ですね」と発言しました。そして「きょうの議題《ぎだい》は大切です。きょう中に結論《けつろん》を出さないと来年の準備ができません」と言います。ブドウの担当の人が次年度から数年をかけて栽培《さいばい》の種類を〝シャインマスカット〟に変えていきたいと提《てい》案《あん》します。桃《もも》の担当者は栽培の種類を〝あかつき〟に改良《かいりょう》したいと提案して、会計の人は、両方は出来ないと発言しました。

会議室は騒《さわ》がしくなりました。しばらくして議長さんが「では、ブドウにするか桃《もも》にするか、決を取ります」と宣言《せんげん》しました。結果は七対七の同数でした。

するとと、会長さんが、突然「では、信《しん》ちゃんの意見を聞きましょう」と言いました。信ちゃんは、びっくり。みんないっせいに信ちゃんを見ました。クルミちゃんと目が合うと、笑っています。ちょっと心が軽くなったので正直に意見を述べました。「ぼくはブドウも桃《もも》も好きです。両方とってもおいしかったし両方やったらいいと思います」。会長さんは信ちゃんの方を笑顔で見ています。「そうですね。ではもう少し検討《けんとう》しましょう。次の会議まで良く調べて検討してください」。

信ちゃんは〝分かりません〟と言った方がよかったかなと思いました。会議のあと、みんなどこかに帰っていきました。信ちゃんは会議室にのこされて、果物《くだもの》をたくさん食べたのと疲れがでたためか眠《ねむ》くなってきました。

……信ちゃんはいつの間にか意識《いしき》を失ってしまいました。どこをどう帰ったのか記憶《きおく》がありません。気がつくとおうちの玄関《げんかん》の前にいました。どこかの紳士《しんし》が車で送ってくれたようです。

お母さんは信ちゃんを見ると大変喜びました。でも、顔を見ると、とても心配になりました。布団《ふとん》をしいて、冷たい水を運んできます。信ちゃんは、ゴクゴク飲みながら、さっき食べたマスカットや桃のようにおいしいなと思いました。

くるみ
会長
議長

お母さんが「頭が痛くない？」と聞いてきます。「暑いところを散歩《さんぽ》していて熱中症《ねっちゅうしょう》になったんでしょう」。信《しん》ちゃんは宿題をやらなくちゃと思いましたが、「まだ頭が痛い」と布団《ふとん》にもぐりこみました。

夏休みは終わり新学期が始まりました。〝体調が悪かったので宿題は未完成《みかんせい》です〟という手紙をお母さんに書いてもらったので、先生に怒《おこ》られずにすみました。信ちゃんは、なんだかとてもズルをしたような気持になりました。〝きょうの仕事はあしたの仕事の練習〟というお姉さんの言葉を思いだして、これからは、毎日、やるべきことはどんどんやろうと決めました。

それからというもの、だんだん勉強が嫌でなくなってきたし、成績も上がって、楽しい気持ちになりました。

それから十二、三年の年月が流れて、信ちゃんの大学生活もあと数か月になりました。あしたはいよいよ希望の農業研究試験場《のうぎょうけんきゅうしけんじょう》の面接《めんせつ》試験日です。

落ち着かない気分で部屋の机《つくえ》や棚《たな》の整理をしていたら、机のすみっこに子どものころの宝箱《たからばこ》がほこりをかぶっているのをみつけました。開けてみると奥の方からカードが出てきました。〝小さな果実園《かじゅえん》　ご優待《ゆうたい》〟と書いてあります。信ちゃんの頭の中に鮮明《せんめい》な思い出がよみがえってきました。〝クルミちゃんやあのお姉さんはどうしているのだろう？〟

〈小さな果樹園《かじゅえん》〉にもう一度行ってみよう。そう思うと、面接への緊張《きんちょう》がだんだん薄《うす》れて、かえってあしたが待ちどおしくなりました。

赤トンボ

赤トンボ

大《だい》ちゃんは八歳《さい》のお誕生日のお祝いに虫捕《と》りあみと虫かごをプレゼントしてもらいました。友だちの大半《たいはん》はもう持っていたからです。

つぎの日、それを持って友だちと出かけました。友だちは虫捕りに慣《な》れているので怖《こわ》がらずに森の奥へどんどん進んでいきます。大ちゃんは虫があまり好きではありませんでした。森にはカエルやトカゲ、青虫やカブトムシがたくさんいます。大ちゃんが好きなのはトンボとセミぐらいです。

大ちゃんは森に少しだけ入りましたが、その手前に広がるたくさんの赤トンボが舞《ま》う野原で緑色のドレスを着た女の子がトンボを追いまわしていたのが気になりました。恐《おそ》る恐る少女に近づきました。野原にはとなり村に行く道がずっとつづいていました。

道のわきには小川が流れています。大ちゃんは少女が小川に落ちては危《あぶ》ないので声をかけました。

女の子は「ありがとう」といって大ちゃんを見ました。真新しい虫捕りあみと虫かごを見ながら、「そのあみかして」といいました。大ちゃんはまだ一度も使っていないので、ちょっと惜《お》しいと思いましたが、思いきって差《さ》しだしました。女の子はひったくるようにあみを持って、トンボを追いまわしました。大ちゃんはこの子が小川に近づかないように気をくばりました。

しばらくしたら、女の子は赤く汗《あせ》ばんだ顔で「取れた！　取れた！」といって虫捕りあみの先を大ちゃんに向けました。大ちゃんは慎重《しんちょう》にあみの中に手を入れて赤とんぼをつかんで、女の子に持たせてあげました。

女の子はたいそう喜んでいましたが、大ちゃんの虫かごを見て「その中に入れて」といいました。「〝私〟のトンボを家に持って帰って、お母さんに見せるの」。大ちゃんは何だか嫌《いや》な気分になりました。あみもかごもぼくはまだ一度も使っていないのに、この子は両方とも先に使うのかと思って、大ちゃんはちょっと大人ぶって「赤トンボがかわいそうだから放してやったら」といってみました。女の子は「赤トンボは捕ってはいけないの？」とふしぎそうな顔をしました。大ちゃんは自分があみとかごを持ってきたのに変かなと思って、「そんなことないよ」といってかごを差しだしました。

大ちゃんは歩きながら、かごの扉《とびら》を開けてあげようと思いましたが、新しいのでちょっとかたかったので、力が入り石につまづいて転んでしまいました。手と膝《ひざ》をついたので擦《す》りむいてしまいました。虫かごは曲《ま》がって、ヒゴが二、三本折《お》れてしまいました。女の子はびっくりしてトンボを放《はな》して大ちゃんを起《お》こしてくれました。

それから二人でまた赤トンボを追いかけまわしましたが、なかなか捕れませんでした。でも大ちゃんは、トンボ捕りより二人でトンボを追いまわしているのが楽しくなりました。

その時、森の奥から手ぬぐいをほおかぶりしたお兄さんが出てきました。持っているかごにはキノコや山菜《さんさい》が重なって入っています。

お兄さんは二人を見ていましたが、「どれどれ貸《か》してごらん」といって虫捕《と》りあみを一振りすると、三匹のトンボが捕れました。折れてしまったヒゴを上手にまっすぐに直しました。かごが小さいので二匹だけ入れて、一匹を大《だい》ちゃんの手に持たせてくれました。

そのお兄さんは女の子に「君は庄屋《しょうや》さんのところの、ゆみちゃんだろう？ こんな遠くまで来たの？」とききました。女の子は「トンボを追いかけていたら、ここまで来たの」と答えて笑っています。お兄さんは「じゃあ、もう帰ろう」とゆみちゃんに虫かごを持たせ、自分の山菜《さんさい》かごを腰《こし》にしばりつけて、ゆみちゃんの手を引っぱるようにして、となり村への道を帰っていきました。

大ちゃんは、大きな声で「さようなら」と叫《さけ》び、ゆみちゃんはちょっと遅れて「またあしたね」と叫びかえしてくれました。買ったばかりのかごはなくなってしまいましたが、大ちゃんはあまり悲しくありませんでした。

晩《ばん》ごはんの時、お母さんに「きょうは楽しかった？ 虫は捕れたの？」ときかれ、大ちゃんは「うん。でも転《ころ》んだ」といって擦《す》りむけた膝《ひざ》を見せました。すると「あらあら、お風呂《ふろ》に入ったとき、まわりをよく洗って。あとで薬《くすり》をつけてあげる」とお母さんは笑いました。

お母さんは、大ちゃんが少し男らしくなったと思って喜んでいました。

トカゲ

つぎの日、学校から帰ると大《だい》ちゃんは虫捕《と》りあみをかついで、さっそく、野原に出かけました。

野原には赤トンボと生きのこった蝶《ちょう》がすこし飛んでいるだけでした。森へ行く道にも、となり村へ行く道にも人影はありませんでした。

大ちゃんは赤トンボを捕るのに集中しようと思いましたが、なかなかうまくかかりません。何度も繰りかえしているうちに、ときどき捕れるようになりましたが、きのうのようなワクワクした気持ちにはなれません。わがままだったあの女の子がいた方が楽しかったと思いながら、あみを振りまわしました。

トンボが捕れるたびに、となり村につづく道を見ましたが、虫かごをきっと返しにきてくれると思っていた女の子の姿はありません。

夕日が地平線に近づき、大ちゃんの影が長くなってきました。数匹のトンボを捕っては放《はな》してやりましたが、もうあきてしまいました。大ちゃんは野原中《のはらじゅう》にある大きな岩に登って、となり村へつづく道を遠くまで見まわしました。

その道のわきに流れる小川の水面に、夕日をあびて赤トンボの大群《たいぐん》が飛んでいます。〝赤トンボは家に帰るのかな？〟。大ちゃんは〝ぼくも帰ろう〟と思って、最後にとなり村の道の方を見ながら、思いっきり背のびをしました。

そのとき、足がすべって岩から落ちて転んでしまいました。立ち上がるとき、岩の方を振りかえると、細い目なのに目玉だけギョロリとしたトカゲが見えました。なんだかきのうのお兄さんに似ているような気がしました。チョロチョロと舌を出して、また岩の割れ目に帰ってしまいました。大ちゃんはトカゲに馬鹿にされたようで、くやしさ半分、こわいの半分ですぐに立ち上がりました。

家に帰ると、膝小僧《ひざこぞう》を擦《す》ったようで、傷《きず》がむき出しになっていました。でも、大ちゃんはあまり痛《いた》がらずお母さんに手当てしてもらいました。

大ちゃんはその夜、自分の虫かごよりあの女の子と虫かごに入れられた赤トンボが気になっていました。〝あのお兄さんは悪魔《あくま》の化身《けしん》で女の子をさらって行ってしまったのかもしれない〟などと心配しているうちに眠くなりました。

夜中に寝ている大ちゃんの肩をたたくものがありました。

〝大ちゃん起きて――〟

飛行《ひこう》

大《だい》ちゃんが目覚《めざ》めると、大きな赤トンボがすぐそばで話しかけてきました。

「三匹の友だちの行方が分からない。あなたの友だちの緑色のドレスを着た女の子は無事にしていますか？」

大ちゃんは首を横にふって、「ぼくはぜんぜん分からない」と答えました。

「では探しに行きましょう」。大ちゃんが赤トンボの背中に乗ると、窓から舞いあがり、朝日を浴びた野原へと飛んでいきました。朝のさわやかな風に、大ちゃんの眠けは吹きとびました。大ちゃんは野原をひとまわりしたようですが、女の子も行方不明《ゆくえふめい》、トンボも見つけられませんでした。

裏山の方の大きな木に近づくと、元気に鳴いていたセミが静かになって幹《みき》から滑《すべ》り落ちましたが、途中の枝《えだ》になんとかしがみつきました。大ちゃんは「どうしたの？」ときいてみました。

「一週間前から歌いつづけていたので、すっかり疲れてしまった。涼しい風が吹きだすと、われわれはもう鳴けなくなるのさ」と言いました。

「昨日、緑色のドレスを着た女の子が、お兄さんに手をひかれて歩いていなかった?」

「鮎川村《あゆかわむら》の方に元気に歩いて行ったよ」

セミのことばに、大ちゃんは〝やはりそうだったのか〟と思って、鮎川村への道にそって行くことにしました。

鮎川村に近づくと大きな牧場があって、牛さんが一生懸命《いっしょうけんめい》、草を食べていました。大ちゃんは「おいしいですか?」と話しかけると、牛さんは口を動かしながら「それほどおいしくないけれど、今のうちにたくさん食べておかないといけないんだ。冬になると食べられなくなるからね。それに備《そな》えて体に蓄《たくわ》えておくんだよ」。牛さんはときどき尾っぽをふって虫を払いながら、食べつづけていました。

「きのう緑色のドレスを着た女の子を見なかった?」ときくと、「ああ、庄屋《しょうや》さんのところの〝ゆみちゃん〟ね。男の人と学校の方に歩いて行ったよ」と言いました。

牛さんに別れをつげて小学校へむかうと小学校の運動場にはだれもいませんでした。〝きょうは日曜日だったな〟と思いながら、学校のとなりに小屋があるのを見つけて、そこまで飛んで行くと、小川がさらさら流れていて、一本の杭《くい》にボートがつないでありました。その杭を登って、背のびをしながら小川を見ると、数匹のメダカが泳いでいました。

大ちゃんは〝きれいな小川ですね!〟と話しかけました。数匹のメダカは「そうなんだ!　ぼ

くたちの家だからね。みんなできれいにしているんだ。忙しくして働かないと、すぐににごってくるんだ。石の上のコケは尾ではらうのさ。水草の裏も汚《よご》れやすいから」と口をパクパクしながら答えてくれました。大《だい》ちゃんは「大変ですね。ところで、きのう緑色のドレスを着た女の子を見ませんでしたか?」とききました。

「村長さんのおてんば娘《むすめ》だね。ときどきこの小川にも遊びにくるよ。きのうはとなりの古川村《ふるかわむら》から夕方帰って来たのを見たよ」。大ちゃんは「どちらの方に行きましたか?」ときくと、「この先の立派な洋館がゆみちゃんの家さ。そこへ行ってみればわかるだろう」と教えてくれました。

大ちゃんは〝庄屋《しょうや》さんの娘か、村長さんの娘か、どっちなんだろう?〟と思いましたが、そのまま教えられた方向に進みました。

畑やいくつか民家の前を通りすぎると、広い庭と洋館が見えてきました。その庭にはたくさんの蝶蝶《ちょうちょう》があちらこちらの花々の間で遊んでいました。庭には三本の柿《かき》の木があって、にわとり小屋や犬小屋もあります。池もあってコイも泳いでいました。とても平和な農家のようでした。

大ちゃんと赤トンボは家の方へ近づいてみました。二階の大きな窓が開いていました。中には大きな机《つくえ》があり〝ちょこん〟とゆみちゃんが座って書きものをしていました。机《つくえ》の上に大ちゃんの虫かごが置いてあり、捕《つか》まった赤トンボはいませんでした。きっと放してもらったのだと思いました。

虫かごのわきに二十四色のクレパスが置いてありました。大《だい》ちゃんは前から欲しいと思っていたので、ちょっとうらやましかったです。ゆみちゃんは机《つくえ》の上に大きな紙を置いて絵を描《か》いているようでした。

大ちゃんが窓に近づいて手を振ろうとしたとき、犬が〝ワンワン〟吠《ほ》えました。窓のそばにオニヤンマが飛んできて、大ちゃんとトンボに襲《おそ》いかかってきました。その顔は、あのお兄さんやトカゲに似ていると思いました。目玉がギョロリとしていて口元は細長くちょっと上の方につりあがっていました。

赤トンボは噛《か》みつかれそうなので、大ちゃんは追いはらおうとしましたが、いつの間にか小さくなっていた大ちゃんには届きませんでした。赤トンボは宙返《ちゅうがえ》りをして逃げだしました。大ちゃんは地面にむかって真っ逆さま。そのとき、大ちゃんはゆみちゃんの心配そうな顔が見えたように思いました。

その顔が「早く起きなさい」と言うお母さんの声と顔に変っていました。

お手紙

一、二週間たって、大《だい》ちゃんは虫かごのことを忘れかけていました。すると一通の手紙と筒《つつ》がとどけられました。ゆみちゃんからのお便りです。大ちゃんは初めて郵便物をもらったので、とても喜びました。

お手紙には、こう書いてありました。

「この間はとても楽しかったです。虫かごは〝返しにいこう〟と思いましたが、楽しかった思い出なのでとっておくことにしました。その代わりにわたしの描《か》いた絵をあげます」

筒の中には、あのクレパスで描いた、野原で大ちゃんとゆみちゃんが赤トンボを追いかけまわす絵が入っていました。

カラスの五郎

小さなカラス

おかっぱの里《さと》ちゃんがはじめて五郎を見たのは北風さんが一休みしている小春日和《こはるびより》の日でした。一月の終わりのころは本当に寒い日がつづきます。朝早く仕事に出かけるお父さんとお母さんは、いまごろが一年で一番寒いので、大っきらいと話していました。

おばあちゃんにこのことを話すと、笑いながら里ちゃんをカレンダーの前に連れていき、一月の終わりに〝おおさむ〟と書いているところを差して、これだから寒いのだといいます。一ページめくって二月の最初に〝節分《せつぶん》〟と書いてあるところを見せながら、「おばあちゃんは、このころはちょっぴり好きだよ」といいます。「だってうっすら春の香りが近づいてくるのさ」とうれしそうです。里ちゃんもなんだかうれしくなってきました。

水車小屋《すいしゃごや》の方へ散歩に出かけました。あまり使われていないのに、水車はコトンコトンと音をたてています。きょうは川の流れが少ないのか、ほとんど回っていません。

水車小屋の裏に広場があります。一週間くらい前に村の人たちが集まってドンドン焼をやりました。ドンドン焼の終わったあと、どこからか「五郎ちゃん五郎ちゃん」と呼ぶ声が聞こえたの

で振りむくと、そこにかわいい男の子がいました。「は～い」と声をあげながらかけていく姿が大変かわいく見えました。

ドンドン焼を思い出しながら里ちゃんは歩いていました。お日さまが背中をあたためてくれるので寒くありません。

水車小屋《すいしゃごや》の角《かど》をまわってゴミ置き場の方へ行こうとしたとき、突然、里《さと》ちゃんの目の前の景色が変わりました。すぐそばに、カラスが数羽、地面に降りていたのです。ゴミ袋をつついていましたが、里ちゃんを見るとびっくりしたようで、みんな飛びたちます。バサバサと羽音をたてて舞《ま》いあがっていきます。でも、里ちゃんは、あわてないように努力しました。

目の前に小さなカラスを見つけました。仲間のカラスが飛びたったときにけちらして舞いあがった落ち葉が、顔に当たったので、飛びたつのが遅れてしまったのでしょう。そのカラスは、きのうかきょう、狩《か》りに出はじめたばかりのようです。

小さなカラスと里ちゃんは、目と目が合って、にらめっこになりました。小さなカラスは口ばしの左側のつけ根の羽がすこし白っぽくなっていました。なにか口ばしにはさんでいるようにも見えました。

にらめっこがつづいて里ちゃんも小さなカラスも動きません。そのとき二羽の大きなカラスが里ちゃんと小さなカラスの間を、ゆっくりと通っていきました。それをきっかけに小さなカラスも飛びたちました。

里ちゃんもホッとして、広場であたたかなドンドン焼を思いだしていました。あのカラスの目はドンドン焼であった大きな目をした男の子に似ているような気がしました。

里ちゃんはこのカラスを五郎と呼ぶことにしました。

おじいちゃんの柿《かき》の木

里ちゃんの住む村はむかしから柿の産地として有名です。村にはいろいろな種類の柿の木が数えきれないくらい植えられています。役場《やくば》の人や農協のおじさんたちが先頭に立って、農家の人たちと一緒にこの村の柿を全国に売りだす努力をしています。

家の庭にも柿の木が植えられています。里ちゃんの家には、おじいちゃんが小さい時に植えた大きな柿の木があります。毎年たくさんの実をつけて家族を楽しませてくれます。

里ちゃんはこの木が大好きです。きっと手入れがいいからでしょう、いつも大きな実をつけます。実りの時期になるとカラスが喜んできて、柿の実を食べてしまいます。村の柿の木が被害《ひがい》を受けるので、村中あげて対策《たいさく》を考えているようです。

ことしも里《さと》ちゃんの家の柿《かき》はみごとになりました。二、三日したら取りいれだとおじいちゃんが言っていたので、里ちゃんは柿の木をながめていました。

そのとき一羽のカラスが飛んできて、一番高い柿の木のてっぺんに止まりました。周囲を見わたしてから〝カアカア〟と二回鳴くと、どこからともなく数羽のカラスがあらわれて、里ちゃんの大好きな柿の木に止まり、実をつつきはじめました。

だいだい色になっていた柿の木が、つぎつぎにやってくるカラスのために黒い木のようになっていきます。もう中学生になっていた里ちゃんは、小学二年生のとき出合った五郎のことを思い出しました。

里ちゃんは柿の木のてっぺんのカラスをよく見ました。そして、あのときの五郎だ、と思いました。口ばしのつけ根の白い羽が見えたからです。里ちゃんは懐かしいのと悲しいのと半分半分の気持ちで庭に出て、ほうきに手ぬぐいを巻いて大きく振りまわしました。

柿の木の上のカラスは里ちゃんを見ていましたが、きっとあのときの女の子だと気づいたのでしょう。〝カアカアカア〟と三度鳴いて飛びたちました。里ちゃんの大好きな柿の木から、カラスの大群はいっせいに飛びはじめました。

里ちゃんの家にはまだ何本か若い柿の木があります。ことしはその木の実がよく実るのを期待するしかありません。近所の人や農協《のうきょう》のおじさんたちと里ちゃんのおじいちゃんやお父さんが話し合って、カラスの対策が本格的になりました。

里ちゃんはもう五郎が来ることがないと思いました。その後、何軒かの農家がカラスに襲われたと聞きました。でも里ちゃんの柿の木にはあらわれませんでした。

罠《わな》

五郎はカラスの寿命からすれば、もうベテランの年齢になっていました。

数年前、里ちゃんと再会してからも、努力をかさねて仲間の信頼もあつくなり、いまではもう立派な大群団のリーダーになっています。あちこち旅を重ねてまた里ちゃんのいる村にもどってきました。

村の柿の木は、実もたわわです。五郎は若いリーダーたちを集めて会議をしました。

〝この村は以前に来たことがあるが、人間たちが相談してわれわれに罠を仕かけてあるらしい。ここは通りすぎようか〟

若いリーダーは反対しました。

〝目の前にすばらしい食べ物の宝庫があります〟

〝大リーダーは年をとって臆病《おくびょう》になっている〟

五郎は里《さと》ちゃんの村を通りすぎるわけにはいかなくなりました。そして、里ちゃんに悪いと思いましたが決心しました。そこで若いリーダーたちに言い聞かせるように静かに話しました。

「私はこれから一羽であの木を襲《おそ》う。もし私が無事にもどらなければ、もうそこには罠《わな》が仕かけられている。決して行ってはならない」

五郎は大空を一度大回りすると柿の木の林の真ん中に突っこんでいきました。たくさんの実がなっている木を目標にしました。

突然、五郎の顔に糸が数本飛びかかってきました。一、二本は切れたと思いましたが、五郎の体は止められてしまいました。五郎はがんばって羽ばたいてみましたが、その体や羽にも同じように糸がからみます。足で払おうとすると、足にまで巻きつきます。五郎は身動きがとれなくなりました。

秋の日差しも馬鹿《ばか》になりません。五郎の体は少しずつ焼けていきます。汗《あせ》が流れて額《ひたい》をつたい、口ばしの根元の白い毛にたまり、きらりと光っていました。五郎は、里ちゃんがきっと助けに来てくれるような気がしていました。だれかが近づいてくるのを感じたのか、五郎は笑いながら眠《ねむ》ってしまいました。

そのとき激しい突風《とっぷう》が吹きました。同時に、五郎のあとに従ってきた二羽の若いカラスが、か

すみ網にぶつかってきました。かすみ網は一部ちぎれて風に巻かれ、三羽のカラスといっしょに舞《ま》いあがったかと思うと、すぐに村の西側の谷間に姿が消えました。

里《さと》ちゃんは村の人たちの話を聞いて、とてもかわいそうだと思って寂《さび》しくなりました。

それから数年ののち、里ちゃんが庭の柿の木の姿をぼんやりとながめていると、真っ青な秋空にカラスの大群が飛んで行くのが見えましたが、村を通りすぎて、山の方へ行ってしまいました。その大群の先頭には五郎の姿はありませんでした。

里ちゃんは、寂しいなと思いながら、その大群の後ろからよわよわしく低く飛んでいるカラスがついていくのに気づきました。

里ちゃんには、そのカラスの口ばしのつけ根に白いものが見えたように思いました。里ちゃんの目には、いつの間にか涙《なみだ》が流れていました。

ぴょん太とコリ

山火事

残暑《ざんしょ》がきびしく日照りがつづいたある夜のことでした。ようやく涼《すず》しくなりかけて、山から吹いてくる風はまだ乾いていて、雨が恋しい毎日でした。

両親、兄弟に連れられて、子うさぎのぴょん太は家のまわりの草を自分で食べられるようになりました。でも臆病《おくびょう》なぴょん太はあまり遠くまで行きません。草を食べるときは、なるべくすみっこに生えている草を選んで食べています。

そろそろ冬支度《ふゆじたく》の季節です。たくさん食べて太っておかなければなりません。両親や兄弟たちは、はりきって食べ物さがしに歩きまわっていました。

きょうも遠くまで行ってみようと、みんなで相談していました。まわりには怖《こわ》い動物がたくさんいるので、岩場を通りぬけて森の方へ進みました。ぴょん太はいつものように一番ビリにくっついていきました。

突然、遠くの森の方からいろいろな声が聞こえてきました。耳を澄《す》ますと聞きなれないゴーという音がします。その音がだんだん大きくなり、周囲が騒《さわ》がしくなりました。

風が吹くたびに熱い空気が飛んできます。だれかが「山火事だ！」と叫《さけ》びました。いままでびくびくしながら歩いていた動物たちがいっせいに動きはじめました。もう敵味方もなく、自分たちの安全を願って走ります。うさぎもサルもキツネもタヌキもみんないっしょ。野原や森にいるみんなが重なりあって、一つの方向へ進みました。ぴょん太は家族と離れ離れになってしまいました。

ひとりぼっちになったぴょん太は、いっそう不安になり、同じ場所をぐるぐると回るだけでした。しばらくするとぴょん太は、いつだったかオオカミがあらわれたときに、岩場の小さな洞穴《どうけつ》に隠れたことを思い出しました。岩場の中には巨大な岩があったこともです。

一休みしていると、そばにある大きな木の幹が焼けたようで、先端だけが倒れてきました。その大木にいたリスのコリが落ちてきました。二匹は互いにすぐ近くにいたので、ちょっとためらいましたが、なんとなく親しみがわいて、力強く感じました。

ぴょん太は燃える倒れた木を避けながら、岩の割れ目の中に入りこみました。コリもそれにつづいて入っていきました。倒れた大木は風にあおられていたので火がまわり、割れ目をふさいでしまいました。

洞穴は外からの火で熱くなりました。

上の方から少しずつたれてくる水があり、なんとか生きていけるくらいの熱さでした。

ぴょん太とコリは互いに無言ですぐそばに寄ってきて休みました。外からの熱や風が入ってこなくなったものの、ゴーゴーと燃える音や大きな木が倒れる音がして、とても不安でふるえていました。

しばらくすると、洞穴《どうけつ》の中は涼しくなってきました。

二匹は疲れていたので、ぐっすり寝こんでしまいました。二匹が起きると、岩の上の方から日が射してきました。岩の割れ目からも光が入りこんでいます。でも、まだあの熱い風が吹きこんできます。

焼け跡《あと》

ぴょん太とコリは用心深く外に出てみました。少しずつ洞穴のまわりを見てまわりました。守ってくれた大木の葉をかきわけて、恐る恐るのぞいてみると、焼けた木が入口をふさいでいるので、外からはその入口がわかりません。

まわりにはこげた樫《かし》やどんぐりの実が落ちていました。コリはその焼けたどんぐりを口に入れてみました。少しこげくさかったけど、おなかが空いていたので、ゆっくり噛《か》んでみました。な

ま焼けのどんぐりは少し固かった。でもおいしかった。ぴょん太は焼けのこった草を探して食べてみました。二匹はまだ空腹でしたが、焼け跡は熱く、ときどき風が吹くと赤い火の粉が飛んでくるのが怖《こわ》かったので、食べるのをやめました。

洞穴《どうけつ》のまわりの葉っぱと小枝を取ってきて寝床《ねどこ》をつくり、二匹は自分たちのすみかにしました。つぎの日も同じように探索《たんさく》をつづけましたが、あまり収穫《しゅうかく》はありませんでした。三日目の朝は雨が降りました。雨の中で山火事はだんだん消えて、くすぶる火種《ひだね》もおとなしくなり、熱い風も吹かなくなりました。雨は三日つづいたので火はすっかり消えました。

ぴょん太とコリは自分たちが助かったことを喜びました。

岩場から草原をこえて、向こうの森の方まで広い広い焼け跡《あと》がのこりました。そこには、それまであった大きな木もなく、黒い焼け跡だらけの風景になりました。森の中から、こちらの様子をみては襲《おそ》ってくるオオカミなどの姿もありません。

二匹はさびしくて心細くなりました。家族が恋しかった。でも悲しんでいる暇はありません。ぴょん太とコリは東と西にわかれて探索し、食べ物をさがしました。

ぴょん太は倒れた木の間から、焼けのこった草を見つけて食べながら、どんぐりをさがしました。コリはクルミやどんぐりを探しながら、岩かげや小川のほとりに、焼けのこった草を見つけました。

夕方、洞穴のすみかに帰り、お互いに自分の調べたところを教えあいました。
三、四週間たつと、焼け跡《あと》から新しい芽が出てきました。森の中を避けていた動物たちも、少しずつ姿をあらわしました。蝶《ちょう》などの虫や小鳥たちも、ときどき飛んでくるようになりました。

家族探し

山火事がおさまってから数か月が過ぎました。

焼け跡にも緑がふえて、虫や小さな動物たちもさかんに動きだします。遠い森からやってきた小鳥たちが、焼けのこった木々や岩にとまるようになりました。

ぴょん太とコリは何とか自分たちで生活していける自信がついてきました。とはいえ、家族のことがいつも気になりました。

両親や兄弟たちはどうしただろう。生きているだろうか？

コリはなんとかのこった木の上にとまっている小鳥たちにたずねました。

「小川の向こうの森にリスの一族は住んでいますか？」

「北の外《はず》れで四、五日前に三、四匹のリスを見つけたけど……ああ、それから二週間前に西側に十数匹の群《む》れを見たよ！」

コリはなんだか胸が熱くなって、あしたは小川の向こうの森の方へ行ってみようと思いました。

ぴょん太は反対側のとなりの森の方へ行きました。そこで数頭の山羊《やぎ》に会いました。

「うさぎの仲間を見ませんでしたか？」

山羊のおじいさんにたずねてみました。おじいさんはいろいろ話してくれました。

「何羽かの野うさぎは岩場を超えて向こうの森へ逃げていったよ。向こうの森にはたくさんの動物たちが逃げこんで、食べ物が足りないので争いが起こっている。どんどん森の奥の方へ進んでいくものもいるらしい。でもそのうちにこの辺りも新しい草や木がたくさん生えてくるさ」

ぴょん太は、近いうちに岩場の向こうの森へ家族や仲間を探しに行こうと思いました。

ぴょん太とコリは何度も何度も話し合いました。別れるのはお互いに不安でした。いままで互いに助け合いの気持ちで過ごしてきたからです。そして、まずは小川のほとりに行ってみようと話し合って決めました。

つぎの日、小川のあたりに行きましたが、焼け跡にはほとんど何もなく、向こうがわには渡れそうもありませんでした。

川上や川下を見わたしながら、向こう側に行く方法を探しました。夕日が照らすはるか川上に大きな木が焼けのこっているのが見えました。ぴょん太の大きな赤い目が見つけたのです。その木の枝《えだ》と向こうがわの大きな木はあまり離れていません。きっとコリなら向こうの岸まで行けるでしょう。でもぴょん太が行く方法はなさそうです。その日は二匹とも家に帰りました。

つぎの日は岩場の向こうの森の方まで行きました。

もう一度、山羊《やぎ》のおじいさんに話を聞いてみるつもりです。でもおじいさんは見つかりません。つぎの日も、そのつぎの日もおじいさんを探しましたが、もうおじいさんと会うことはありませんでした。

そのうち二匹の家のまわりにもたくさんの花が咲いてきました。焼けた大きな木の幹《みき》や根元から新しい芽が出はじめました。

ぴょん太の食べ物はかなり豊かになりましたが、コリの好きだった木の実が実るには時間がかかりそうです。小川へ行った時に夕日の中に見た、遠い向こうの木の枝に飛び移るコリの姿が見えるような気がしました。

ぴょん太とコリは悲しい思いの中で別れる決心をしました。

つぎの日の朝早くから旅のしたくをしました。火事から回復した野原を見ながら、小川のほとりに着きました。

コリはすべてを振りきるようにして、焼けのこりの大きな木の一番高い枝に登りました。小川に突きでている枝の先にたどり着いたとき、コリは振りかえりました。二匹は無言で目を合わせ

て微笑《ほほえ》みました。

コリは大きめの枝《えだ》を抱いて、その枝にのしかかりながら、全身の力をこめて枝を揺すりました。身体は空中を舞いながら小川の中央に飛びあがりました。落ちていく身体の先に、向こう岸の枝が見えます。必死で飛びうつりました。

ぴょん太の赤い目は、コリの姿が太陽に重なるように空に向かい、向こうの枝にすがりつく姿をしっかりととらえていました。

再会

それから数回の夏が過ぎて秋がきました。焼け跡《あと》もかなりなくなり、森も野原も前より活発に息づいていました。

澄《す》みわたるような青空が広がった日のことです。

ぴょん太は生まれて三、四ヶ月の子どもを連れて、巣《す》から外に出ました。

平和でのんびりした日射《ひざ》しが天から落ちてきます。柔らかな草を摘《つ》んで子どもと一緒に食べていました。

すると、突然、空からバラバラとどんぐりが落ちてきました。びっくりして見上げると、大きな木の高い枝《えだ》に、なつかしい姿をみつけました。コリです。その姿は空を舞《ま》い、となりの木の枝に移り、すばやくつぎつぎと木の枝へ跳《は》ねあがり消えていきました。

その上空に一羽のオオワシの姿を見つけました。オオワシは鋭《するど》い口ばしで、ぴょん太をめがけて降りてきます。ぴょん太はおどろいて子どもをすぐに巣《す》の中に押しこんで、反対側の茂《しげ》みにかくれ、子どもが見つからないようにできるだけ遠くに跳《と》びました。

オオワシは、のんびりと草を食べているうさぎの親子を見つけて、〝いい獲物《えもの》がいる〟と思いました。オオワシは、降りてきて、静かに羽を少しちぢめた瞬間、そばの木が揺《ゆ》れました。リスがいたのです。オオワシはそのリスに一瞬《いっしゅん》気をとられて野うさぎから視線をそらしました。そのすきに、野うさぎは茂みへと身をかくしてしまいました。

子うさぎは、むかし、ぴょん太とコリが暮らしていた洞穴《どうけつ》の中でじっとしていました。ぴょん太は洞穴にもぐった子うさぎの無事を祈りながら、草むらでじっとしていました。しばらくしてオオワシは去っていきました。

コリが天に舞う姿を見たとき、二人ともまた会えたと確信しました。顔を合わせることはありませんでしたが、互いにその姿を見つけてとても幸せな気持ちになりました。ぴょん太もコリも新しい生活が始まっていたのです。

紋白蝶

紋白蝶《もんしろちょう》

つるちゃんのおうちは代々農家《のうか》でした。でもお父さんは学問が好きで大学の先生になりました。お母さんは高等学校の先生で忙しくしています。中学生と五年生のお兄ちゃんたちは、お父さんとお母さんに勉強のことで注意されてばかりですが、野山を駆《か》けまわるほうが好きなようです。

末っ子のつるちゃんは、勉強はあまり好きではありませんが、田舎の生活も得意ではありません。虫が好きになれないのです。でも一人で、近くの小川の岸辺《きしべ》にある、大きな石の上で、ぼんやりあたりの風景や空を見ているのは好きでした。

つるちゃんはきょうも大きな石の上で、ぼんやりしようと石に近づきました。いつもお日さまの光が輝いている石の頂上《ちょうじょう》の平らなところに何かあります。つるちゃんは自分の大切な場所を取られたような気持になり、急いで近づきました。

青虫が三匹、石の上を動いています。きっとまわりの菜の花畑から、風に吹き飛ばされてきたのでしょう。つるちゃんは周囲に生えている菜の花をちぎって、その青虫たちをその上に乗せて、放り投げました。つるちゃんが思いっきり投げたので、菜の花は高く飛んで小川に落ちました。

青虫を乗せた菜の花は、黄色の鮮《あざ》やかな花と、緑色の葉がきれいに調和《ちょうわ》し、まるでお船のように、川の流れにのって川下へとすすみます。

つるちゃんは〝ちょっと青虫がかわいそうだったかな……〟と思いましたが、その菜の花の船が美しいので安心しました。船が小さくなっても、黄色い花の姿《すがた》だけが見えました。それが美しい青空へとけこんでいくまで見守っていました。

つるちゃんは眠くなってきました。きのうから夏休みがはじまり、友だちのくにちゃんやゆりちゃんが来るはずなのに……と思いながら寝てしまいました。

しばらくすると、小鳥の声につづいて、つるちゃんに話しかける蝶《ちょう》の声が聞こえてきました。

「つるちゃん、さっきはありがとう。わたしの子どもたちが三匹も風に飛ばされたので心配していました。菜の花のお船を川に流してくれたので、三匹とも無事でした。でも、中洲《なかす》には食べる物がありません。お願いです。おなかを空かせた子どもたちのために、毎朝、菜の花を、きょうのように川に流して下さい。三週間たてば、あの子たちは一人前の蝶になります」

紋白蝶《もんしろちょう》のお母さんは、つるちゃんの周りを何度もまわってお願いしました。

つるちゃんは目覚めると、なんだかとてもいい夢を見たような気持ちになりました。

菜の花のお船

つぎの日の朝、ごはんを食べるとすぐに、つるちゃんは本家《ほんけ》のおばあちゃんに会いに出かけました。夏休みになったので、おばあちゃんの家に、お手伝いに行こうかと思っていたのです。ちょっとお手伝いするだけで、おいしいお菓子やお小遣《こづか》いをもらえるし、いとこのともちゃんと遊ぶのが大好きでした。

このあいだお父さんが海外出張《かいがいしゅっちょう》から帰ってきたときのおみやげの箱入りのチョコレートを持って出ました。きっと、おばあちゃんは喜んでくれると思って、〝ルンルン〟の気分になっていました。

小川のほとりに来て、きのうの夢の内容を思い出しました。つるちゃんは黄色い花がたくさん咲いている菜の花を折って小川に投げこみました。お船はゆっくりと流れにそってすすんでいきます。〝青虫は朝ごはんまだだったのかな？〟と思いながら、黄色い花の姿が消えるまで見とどけてから、本家へ急ぎました。

三日目から、つるちゃんはちょっと早起きをして、朝ごはんの前に菜の花のお船を流すように

しました。菜の花の流れていく姿が、いつまでも見えるのが楽しくなりました。

一週間が過ぎたころ、雨が降りました。つるちゃんは午前中、ぼんやり、ゴロゴロして過ごしました。畳《たたみ》をかえたばかりの部屋で、お兄ちゃんたちが相撲《すもう》を取っていて、お父さんに叱《しか》られていました。

お母さんが台所から声をかけてきました。

〝遊んでばかりでも、おなかは空きますからね〜もうすぐお昼ごはんです！〟

つるちゃんはその声にびっくりして起き上がりました。

〝大変だ！　青虫が待っている〟

つるちゃんは赤い長靴《ながぐつ》に赤い傘《かさ》をさして、小川へ走っていきました。菜の花畑にはしとしとと雨が降っていました。

白い紋白蝶《もんしろちょう》は飛びまわっているようでした。つるちゃんは、薄い色の花がいっぱいついたお船をつくって小川に放りこみました。いつの間にか、紋白蝶の姿はありませんでした。

家に帰ってお兄ちゃんたちとお昼ごはんを食べました。お母さんは冷やし中華をつくってくれました。特別おいしかったです。

二週間も過ぎたころ、つるちゃんは大きくなった青虫が大きな菜の花の茎にぶら下がっている夢を見て目が覚めました。

外は強い風が吹き、雨も降っているようでした。でも、つるちゃんは長靴《ながぐつ》をはいて、かっぱを着て小川までかけていきました。雨にぬれた菜の花を折って、何回も雨のしずくを落とし、なるべく沈まないように川にそっと落としてあげました。その日は一日中、菜の花が無事に青虫にとどいたか心配でした。

あの日から三週間くらいたって、つるちゃんの友だちが遊びに来ました。友だちは学校の近くに家があり、たくさんのお店がある村の中心に住んでいました。畑や田んぼは珍《めずら》しいようです。散歩をしながら花や実を取るのに夢中になっていました。

つるちゃんは学校ではおとなしい方でしたが、野原や畑では、自分がリーダーになった気がして楽しい時間を過ごしました。それからときどきお友だちと遊びに行くようになり、青虫のことをすっかり忘れてしまいました。

黄色い紋白蝶《もんしろちょう》

夏休みも後半に入ると、宿題も少しずつ気になりだします。友だちの遊びに来る回数が減りはじめたころ、本家でお盆《ぼん》の法事《ほうじ》があります。村全体がなんだかにぎやかになりました。

つるちゃんはいつもよりきれいな服を着て、お兄ちゃんたちのうしろにちゃんと座っています。お兄ちゃんたちはいつものようにふざけているので、〝しずかに！〟とお父さんは二人の間に座って言いました。お座敷の正面にはお仏壇《ぶつだん》があり、お坊さんがお経《きょう》をとなえています。つるちゃんは〝早く終わらないかな〜〟と思いながら、ガラス戸の開け放たれた部屋から庭を見つめていました。

するると、お庭の花々の間を、三匹の蝶がじゃれ合うように、近づいては離れ、離れては近づくように舞っていました。そのうちお部屋に入ってきて、仏壇のまわりを通り抜けて、中庭の方に飛んでいってしまいました。

大人たちは、その姿に小さなため息をついたり小声を発しましたが、お坊さんのお経は変わることなくつづきました。

そのあと、つるちゃんは、お盆の上の大きな〝おはぎ〟を三つ食べました。お兄ちゃんたちは毎年のように、いとこの子どもたちと何個食べられるか競争し、けっきょく何個食べたかわかりません。お仏壇を見ながら、大人たちはいろいろなご馳走《ちそう》を食べていました。

つるちゃんはおなかいっぱいになったので、さっきの蝶のことが気になり、先に帰ることにしました。

夕日がきれいで、小川がオレンジ色に輝いています。

菜の花畑のほうを見てみると、緑色の葉っぱが多くなり、全体が黄色から緑色に変わっていま
す。あの大石のそばを通るとき、突然、三匹の蝶《ちょう》があらわれました。

石の上に腰を下したつるちゃんは、一ヶ月くらい前のことを、遠いむかしのことのように思い出して、川下を見つめていました。その耳もとに三匹の黄色い羽根の紋白蝶《もんしろちょう》が近づいてきて、いろいろな話を聞かせてくれました。

〝大きくなれたのは、つるちゃんが毎朝、菜の花を川の流れに乗せて送ってくれたからです。そのうち葉っぱが少なく、黄色い花が多い茎が送られてくるようになりました。その花びらを食べて、黄色い青虫になり、黄色い羽根の蝶蝶になりました。いまは三匹ともなるべく白い花の蜜《みつ》を吸うようにしています〟

つるちゃんは菜の花のお船が川に流れるとき、黄色い方が美しく遠くまで見えたので、花の多いものを流してしまったのを、ちょっと後悔《こうかい》しています。でも三匹とも元気でとってもうれしい気分になりました。

三匹の蝶は、菜の花の間をぬけて、仲よく遠くへ飛んでいきました。つるちゃんも、おうちに帰りました。

紋白蝶

あとがき

もう半世紀の時が流れました。

私が三十歳の研修医だった時です。南信州の病院へ大学から出向勤務していた時のことです。真っ青な秋空に誘われて、日曜日の朝、ドライブへ出かけました。当時はよくあることでしたが、カーナビはなく地図も持たずに、知らない土地の道路を走り続けていました。いつのまにか本道から離れて、分路に入り込みました。道を二、三分走ると、舗装がなくなり土になりましたが、良く踏み固められた走り良い道でした。道路の周りには、背の高さまで伸びた雑草が生い茂り、所々に花の咲いたススキが生えていました。

開け放した車窓から涼しい風が吹き込んできて、清々しい気分になりました。前日にやったオペの事を思いだしていると、今朝、経過良好なのを確認してきた患者さんの顔が浮かびます。

突然、周囲の景色が変わり、世界中が黄色一色になりました。カラマツの林の中に入り込んだのでした。あのような素晴らしい世界はその後五十余年たった今もみたことはありません。車を徐行させて進みました。前も後ろも右も左も黄金でした。道は突然狭くなり、立札があります。

「通行止」「危険です」と書いてありました。本道から離れてからこれまで、一台の車も一人の人にも会いません。車を止めて運転席の座席を後ろに倒しながら、妻や生れたばかりの娘も連れてくれば良かったと思いました。

ぼんやり青と黄色の世界に浸っていると、周囲は時折、カラマツが風に揺れて、サラサラと音を立てます。うとうとしていると、麦わら帽子をかぶり、半袖半ズボンの小さな男の子が、車の横を通っていきます。こちらを覗き込んで笑いかけます。

無言で森の道へと進んでいきます。立て看板の先には進めないのに……。私は思い切って声をかけようとしましたが、声も出ないし、手足も動きません。男の子はどんどん森の奥へ進んでいき、姿を消しました。

その後どのくらいの時間が経ったのかわかりません。小鳥の声に呼びさまされて、私は気が付いて帰りました。

その後、数年に一度くらいはそのときの情景を思い出します。あの男の子はどこに行ったのでしょう。

時を経るにつれて、あの男の子は森の妖精だったに違いないと思うようになりました。

全てを引退した今、老後の楽しみの中で、また彼に会えるような気がしました。文章を書いたり絵を描いたりしていると、時々頭の上から、その男の子が降りてきます。夢のような楽しい話を聞かせてくれます。その中のことを文章にしてみました。「今度はどんな楽しい話を聞かせてくれるのだろう」と楽しみにしています。

この本は太田治子先生にご教示賜りました。絵は、数年前より目の病気を患っている私に慶野智子先生が手厚いご指導をしてくださいました。発行に関しては、かまくら春秋社の伊藤玄二郎代表と田中愛子様のお力添えを頂きました。文献収集、文章の整理などは小口裕子さんにご協力をお願い致しました。

皆様に深く感謝致します。

二〇二四年晩秋

小林信男

小林信男（こばやし・のぶお）

1940年東京生まれ。
慶應義塾大学医学部卒業後、同整形外科学教室に入室。
1981年小林整形外科を開業。2019年閉院。
著書に『空飛ぶ絨毯』。

不思議な果樹園

文・絵　小林信男

発行者　田中愛子

発行所　かまくら春秋社
鎌倉市小町二‐一四‐七
電話〇四六七（二五）二八六四

印刷所　ケイアール

二〇二五年三月十五日発行

 ISBN978-4-7740-0918-6 C0095